Gafi président

Ingrid Chabbert • Mérel

Nathan

Rachid le timide

Pacha le chat

Mélanie la chipie

Pascale la géniale

Arthur le gros dur

Dans quelques semaines, un nouveau président de la République sera élu. Partout, ça s'agite, ça discute ! Gafi a décidé de se présenter à l'élection.

Les amis de Gafi le suivent
avec bonheur dans sa campagne.
– Mets plutôt cette cravate verte
à pois rouges ! suggère Rachid.

– N'oublie pas de raconter
une blague! ajoute Pascale.

Tous ensemble, ils dessinent
des affiches et des banderoles.
Le programme est clair :
des cantines « trois étoiles »
et des bibliothèques à chaque coin
de rue.
– Je propose en premier :
plus d'épinards à la cantine !
dit Pascale.

– À présent, il faut trouver
un slogan, ajoute-t-elle.
– Avec Gafi, vive les livres sous
les parapluies ! propose Mélanie.
– Avec Gafi, finie la bouillie,
vive la chantilly ! s'esclaffe Rachid.

Dans les salles, les gens viennent écouter le fantôme puis l'applaudissent en riant

lorsqu'il lance des confettis
au parfum de barbe à papa.
Miam, c'est bon en plus !

Arthur se précipite dans
les coulisses pour le féliciter :
– Quelle bonne idée !

GAFI PRESIDENT

Les jours suivants, pas de repos pour Gafi. Le fantôme doit saluer, parler et serrer des mains.
Que c'est fatigant de vouloir devenir président!

Pour se détendre un peu, à la fin de la campagne, Gafi et ses amis organisent une grande fête costumée.

Gafi vient déguisé en ancien
président, avec une perruque grise
et une veste aux boutons dorées.
Tout le monde s'amuse.

Le jour de l'élection est arrivé.
Tout le monde va voter et Gafi
est très inquiet.

Il tremble même un peu
en guettant[*] les résultats
devant la télévision.
– Tiens ma main, tu auras
un peu moins peur, dit Rachid
en s'installant près de lui.

Malheureusement, Gafi a perdu !
C'est monsieur Dumontel
le nouveau président ! Il est
très chic avec son costume sombre
et sa coiffure sérieuse.

– J'espère que tu n'es pas trop déçu, s'inquiète Pascale.
– Non ! la rassure tout de suite Gafi. C'était une chouette expérience et maintenant, je suis bien content d'avoir du temps libre ! Je vais pouvoir apprendre à sauter en parachute !

Le lendemain, tandis qu'ils dévorent tous ensemble une glace chez Mélanie, le nouveau président leur rend une visite surprise.

– Ravi de vous revoir, cher Gafi.
J'ai une proposition à vous faire !
– Ah bon ? s'écrie en chœur la
petite troupe.

Gafi n'a pas pu refuser
la proposition du président.
Depuis ce jour, il est ministre
des Fantômes !

c'est fini !

Slogan : phrase courte et frappante qu'on utilise surtout en publicité ou en politique.

S'esclaffer : éclater de rire en faisant du bruit.

Coulisses : partie d'une salle de spectacle cachée aux spectateurs, sur les côtés et en arrière de la scène.

Guetter : attendre avec impatience en étant très attentif.

La bonne ombre

Retrouve l'ombre du nouveau président !

Réponse : c'est l'ombre n° 2.

Labyrinthe

Peux-tu aider Gafi ? Quel chemin doit-il prendre pour arriver au bureau de vote ?

Réponse : c'est le chemin bleu.

Dans l'ordre de l'histoire

As-tu bien lu ? Laquelle de ces images n'est pas dans l'histoire ?

Réponse : C'est l'avant-dernière image.

Le bulletin manquant

Oh là là ! Un courant d'air a éparpillé les bulletins de votes. Aide Mélanie à tous les retrouver.
Il y en a 10.

GAFI RACONTE

illustré par Mérel

Je commence à lire

1. *Qui a fait le coup?* Didier Jean et Zad • 2. *Quelle nuit!* Didier Lévy • 3. *Une sorcière dans la boutique*, Mymi Doinet • 4. *Drôle de marché!* Ann Rocard • 15. *Bon anniversaire, Gafi!* Arturo Blum • 16. *La fête de la maîtresse*, Fanny Joly • 23. *Gafi et le magicien*, Arturo Blum • 24. *Le robot amoureux*, Stéphane Descornes • 29. *Une drôle de robe!* Elsa Devernois • 30. *Pagaille chez le vétérinaire!* Stéphane Descornes • 35. *Le nouvel élève*, Anne Ferrier • 36. *Le visiteur de l'espace*, Stéphane Descornes • 41. *Le ballon magique*, Stéphane Descornes • 42. *SOS, dauphin!* Anne Ferrier • 45. *Safari en folie!* Stéphane Descornes • 49. *Gafi contre Dracula*, Stéphane Descornes • 52. *Gafi à la piscine*, Stéphane Descornes

Je lis

5. *Gafi a disparu*, Didier Lévy • 6. *Panique au cirque!* Mymi Doinet • 19. *Mystère et boule de neige*, Mymi Doinet • 20. *Le voleur de bonbons*, Didier Jean et Zad • 26. *Qui a mangé les crêpes?* Anne Ferrier • 43. *Le chat du pharaon*, Mymi Doinet • 44. *En route pour l'espace!* Stéphane Descornes • 46. *Gafi aux Jeux Olympiques*, Danièle Fossette • 47. *La plante magique*, Stéphane Descornes • 50. *Gafi à Paris*, Françoise Bobe • 51. *Gafi chez Toc-toc Chef*, Laurence Gillot • 53. *Au feu, les pompiers!* Ingrid Chabbert • 54. *Gafi sur la banquise*, Ingrid Chabbert • 55. *Gafi président*, Ingrid Chabbert

Je lis tout seul

9. *L'ogre qui dévore les livres*, Mymi Doinet • 10. *Un étrange voyage*, Ann Rocard • 11. *La photo de classe*, Didier Jean et Zad • 12. *Repas magique à la cantine*, Didier Lévy • 18. *Sauvons Pacha!* Laurence Gillot • 21. *Bienvenue à bord!* Ann Rocard • 22. *Gafi et le chevalier Grocosto*, Didier Lévy • 27. *Qui a kidnappé la Joconde?* Mymi Doinet • 28. *Grands frissons à la ferme!* Didier Jean et Zad • 33. *Les chocolats ensorcelés*, Mymi Doinet • 34. *Au bal costumé*, Laurence Gillot • 39. *Mélanie la pirate*, Stéphane Descornes • 40. *Sous les étoiles*, Elsa Devernois • 48. *Sur le Tour de France*, Laurence Gillot

Directeur de collection et conseil pédagogique : Alain Bentolila

MIXTE
Papier issu de sources responsables
FSC® C022030

Loi n°49-956 du 16 juillet 1949 sur les publications destinées à la jeunesse, modifiée par la loi n°2011-525 du 17 mai 2011.
ISBN : 978-2-09-257129-3 – N° éditeur : 10226662 – Dépôt légal : janvier 2017
Achevé d'imprimer en décembre 2016 par Loire Offset Titoulet (42900 Saint-Etienne, France)